friedrich achleitner

wiener linien

paul zsolnay verlag

1 2 3 4 5 08 07 06 05 04

ISBN 3-552-05287-9

satz: eva kaltenbrunner-dorfinger, wien
druck und bindung: friedrich pustet, regensburg
printed in germany

der basilisk oder *ein vorwort*

weißt du, sagte eines nachts – natürlich im traum – der basilisk zu mir, weißt du, welche geschichte über mich mir die liebste ist? ich nenne sie die naturwissenschaftliche, diese scheinbar poesielose erklärung des phänomens der gasblasen, die im schwemmsand des wiener beckens, das ja einmal ein meer war, eingeschlossen sind. da konnte es schon vorkommen, dass beim graben eines brunnens eine solche hundshüttengroße blase angestochen wurde und das schnell ausströmende gas den brunnengräber tötete. aber was habe ich, der basilisk, damit zu tun?

ebenso wie gasblasen findet man auch presssteine im schwemmsand, mit den unheimlichsten formen. wenn also so ein beherzter bäckergeselle, der seinen vergifteten freund, den brunnengräber, retten wollte, in den finsteren brunnen hinabstieg, fand er zwar keine todesursache mehr vor – das gas war ja schon lange entwichen –, aber sicher einen verdächtigen stein. und was liegt näher als der verdacht auf ein verwandeltes ungeheuer. die fantasie muss nicht sehr groß sein – und sei's nur der gebrauch eines spiegels –, und schon lässt sich die schönste geschichte erzählen von einem tapferen bäckergesellen, der dem ungeheuer den spiegel vorhielt, so dass dieses sich vor schreck in einen stein verwandelte. dass es in einem tiefen brunnen stockfinster ist und nicht einmal ein basilisk etwas sieht, darüber kann man hinwegsehen in der ewigen schwärze der nacht eines schachts.

an dieser wissenschaftlichen erklärung gefällt mir natürlich am besten, dass ich gar nicht vorkomme, womit ich mich als produkt der kultur und nicht der natur ausweise. ich trete ja erst durch den verdacht des spätmittelalterlichen menschen auf. ich bin ein produkt seiner fantasie, die sich gesagt hat: hier, an dieser stelle, lassen wir die älteste sage wiens entstehen. es ist ja höchste zeit. bald ist die neuzeit da, und dann ist es sowieso aus mit diesen fantasien. aus den fakten brunnengräber, gasblase und stein machen wir die ingredienzien brunnengräber, basilisk, bäckergeselle, spiegel und stein. das ergibt eine einfache, aber prächtige geschichte. die leute werden sie immerfort erzählen, und jedesmal wird sie abgewandelt. aus dem bäcker- wird ein schneider- oder schustergeselle oder ein schmied, der die schöne laterne zum hohn aller kunstverständigen in die schönlaterngasse gehängt hat. und ich, der basilisk, bin eine unzüchtige kreuzung von hahn, kröte und drachen (schließlich ging auch einmal die drachengasse am schauplatz vorbei). jedenfalls ein ungeheuer.

wenn nur die wiener – die touristen sind mir herzlich wurscht – meine gutmütigkeit, friedfertigkeit und fröhlichkeit kennten, sie würden basiliskenschnitzel essen, basiliskenbecher löffeln und sich basiliskenamulette umhängen.

ja, um noch auf den grund zu kommen. grund ist gut. das war doch meeresboden, voll von leben. die spuren sind im sand aufbewahrt, verweht, verschwommen, verschlickt und verdrückt. im boden lag schon geschichte, bevor es die menschen mit ihren geschichten gab. jede blase eine geschichte. alle wiener geschichten haben einen realen, ja einen naturwissenschaftlichen grund. was allerdings die wiener daraus machen, ist nicht meine sache. dass meine geschichte noch immer erzählt wird, freut mich natürlich. dass sie die wiener und ihre fremdenführer täglich neu erfinden, noch mehr. aber bei jener mit der blase und dem stein fühle ich mich am wohlsten. da bin ich noch nicht im spiel und doch in allen meinen möglichkeiten vorhanden. ich existiere am liebsten in der möglichkeitsform. was weiß man schließlich schon ganz genau? ich bin ja wiener.

gähnen

das gähnen in der u-bahn. zwischen stubentor und zieglergasse. hunderte male. voraussetzung: es wird nicht die hand vor den mund gehalten, was kaum vorkommt. und gebisse sieht man. die lücken der schulanfänger, voller hoffnung auf neues. plomben, gold- und emailzähne. ungeputztes und verdorbenes. ruinen, brüche, spangen und brücken. was nicht zu sehen ist, riecht man. pizza oder wurstsemmel, den gemeinen ungeputzten morgenmund. abwechselnde distanzen, abwechselnde blickwinkel. immer die gleiche vertrauliche heftigkeit. eine herabfallende prothese. ein schmunzeln der nachbarin, bevor sie selbst das maul aufreißt. wer nicht die hand zu heben vermag, setzt ein verbindliches lächeln auf. du wirst schon noch drankommen. auch eine pizza gegessen? nein, wurstsemmel. ich frühstücke nie. man riecht es. so, und jetzt alle miteinander: aaaaa. zahnarzt müsste man sein, einen bohrer müsste man haben, eine nadel, es gibt bestien, die haben schon morgens gedanken zum erschrecken. und wir sind doch alle noch so müde. versuchs mit dem finger, du scheusal. ich werd mir schon keinen zahn ausbeißen. zieglergasse.

unter der gürtellinie

der wiener gürtel war, wie jedes kind wissen sollte, eine verteidigungslinie. erst der ausbau dieses linienwalls zu einer mittleren prachtstraße schuf den wiener gürtel. was aber die meisten wiener, und die kinder schon gar nicht wissen, ist die tatsache, dass man vom ring, also von der überbauten inneren verteidigungslinie, stadtauswärts immer bergauf fahren oder gehen muss, so dass die nobleren wiener innerhalb des gürtels, hietzing und döbling wollen wir vergessen, eigentlich unter der gürtellinie leben.

auch keine geschichte

er nahm sein gehirn mit einem trachtenhut in den schwitzkasten und malträtierte es mit schildhahnfedern und anderen antennen seines vorwiegend virtuellen, in einem büro schwitzenden jägerdaseins. worauf er saß, nannte er rose oder licht. manchmal steckte er sich einen prächtigen gamsbart direkt ins kleinhirn, einem bruch nicht unähnlich, so dass er, was jeder versteht, nur mehr um dieses büschel herum zu denken vermochte. seine blicke waren blicke, um blicke zu empfangen und zu kontrollieren, die in ihm ein subjekt berechtigter vorurteile zu sehen suchten, was wiederum nicht stimmte, weil die halbe stadt mit diesen zeichen selbstgewollter hirnschäden lebte. sie rannten in rudeln herum, reisegruppen nicht unähnlich, die wohl öfters auch welche waren.

rucksack

der rucksack, sagte der gebildete verkäufer, ist nicht nur ein perfekt funktionalistischer tragbeutel, der die last gleichmäßig auf beide schultern verteilt, sondern er ist – seine augen begannen zu glänzen – in der heutigen modernen, ja großstädtischen gesellschaft das kontaktgerät schlechthin. sie können – nehmen wir an, sie steigen in die u3 – damit jedem x-beliebigen menschen ins gesicht fahren, ohne dass sie es merken, ohne dass sie sich auf etwas einlassen, sie können jeden kontakt aufnehmen, ohne ihn zu beachten, ja sie haben ein kommunikatives einbahngerät erster ordnung. sollten sie einem anderen rucksackträger zufällig in der besagten u3 begegnen, so ist das an sich egal, es sei denn, dieser fährt ihnen unwirsch mit den schnallen und knöpfen, mit den riemen und klettverschlüssen ins gesicht. auch dieser kontakt kann, soweit sie nicht wirklich verletzt werden, für sie unverbindlich sein, denn sie wissen nicht, ob sie nicht gleichzeitig jemandem anderen über die rübe fahren. ja, sie können in einem u-bahnwaggon ganze kettenreaktionen auslösen, vorausgesetzt, es sind genügend rucksackträger vorhanden. wissen sie überhaupt, verehrte kunde – er war ein wiener –, dass der rucksack nahe daran ist, das kultobjekt unserer autistischen gesellschaft zu werden? es gibt vereine, die regelmäßig und nach sorgfältig entwickelten und erprobten regeln harte rucksackattacken üben, ohne dabei, das ist natürlich die voraussetzung und macht den verein gesundheitspolitisch so interessant, sich selbst zu gefährden. ich rate ihnen, kaufen sie diesen rucksack, er steht ihnen gut, angriff ist die beste verteidigung, sie haben auch die richtige größe und statur, um jedem richtig in den bart, verzeihen sie, jeder richtig in die schminke zu fahren. sie wollen sich's noch überlegen? tun sie das. ich prophezeie ihnen, sie kommen wieder.

großraumwaggon

ich liebe die großraumwaggons, so heißen sie doch, sagte die alte dame, wissen sie, da ist immer was los. unlängst hatte ich das glück, dass sich auf der fahrt von salzburg nach wien ein junger mann neben mich setzte, der so ein dings in den ohren hatte. er sagte zwar nicht guten tag, aber er nickte die vollen drei stunden freundlich mit dem kopf, manchmal etwas schneller, dann wieder kaum merkbar. leider konnte ich von dem sound – so sagt man doch – nur die beserln – so nennt man sie doch – hören. ich wäre so neugierig gewesen, etwas mehr mitzubekommen. ich finde das unanständig. jemanden stundenlang so auf die folter zu spannen. wenn man sich wenigstens irgendwie einklinken könnte –, wie heißt das denn –, so ein wenig auf interaktion machen oder mit einem anderen rhythmus dazwischenfahren oder so ganz leise – natürlich nur manchmal und mit gefühl – einen schönen walzer darüberlegen. mir würde schon was einfallen. die jungen leute machen oft so ein fadisiertes gesicht. da könnte man doch helfen. aber wissen sie, ich halte ohnehin nicht viel von der ganzen beziehungsweise halben beziehungsweise viertel- oder gar fünftelpartizipation, denn eine bankreihe weiter sprach ein geschäftsmann so laut in sein diktaphon, dass es schon an werbung grenzte, seine geschäftsbriefe, bei denen es nur um die edelsten weinsorten ging, was wirklich eine belästigung war. schließlich hätte man auf der stelle ein paar stiftel nouvelle chabrelle gold bestellen wollen, oder wie die wunderbaren tropfen alle heißen. zum glück waren noch ein paar handybesitzer im waggon, so dass – als alte frau ist man ja bescheiden – wirklich immer was los war. gestört hat mich nur, wenn drei oder fünf personen gleichzeitig laut telefonierten. da verstand man kein einziges gespräch mehr. bei diesem lärm ist es aber auch verständlich, dass alle so brüllen müssen. und das netz soll ja auf dem bahnkörper nicht das beste sein, habe ich mir sagen lassen. und stellen sie sich vor, beim aussteigen hätte ich fast mein buch vergessen, das ich lesen wollte. nun, das mache ich dann das nächste mal. natürlich in einem großraumwaggon mit panoramascheiben.

blumenpracht

ein spröder treppenwitz der geschichte waren am looshaus die leeren blumenkästen. adolf loos musste sie anbringen, und der bauherr bekam zusätzlich die auflage, in diesen kästen auch blumen zu halten. die kästen blieben leer, über jahrzehnte hinweg, auch die ariseure hielten sich an das ungeschriebene gesetz, das vorgeschriebene zu missachten. die leeren blumenkästen waren ein stummer kommentar zur fassade, die schon lange nicht mehr als leer empfunden wurde, sie blieben zeugen eines konflikts, der sich zunächst in interesselosigkeit, dann in geschichte aufgelöst hatte. seit ein geldinstitut das haus besitzt, das es mit viel geld und einfühlungsvermögen restaurieren ließ, prangen prächtige blumen in den kästen. der treppenwitz hat sich in unfreiwilligen humor verwandelt: wien wurde von wagrein eingeholt. der wiener magistrat ist jetzt gefordert, diese auflage zu annullieren und ein blumenverbot auszusprechen. das könnte in wien eine revolution auslösen, deren sieg mit einer verbannung des stadtgartenamts nach wagrein gefeiert werden müsste.

krone

es gibt leute, alte und sogar junge, ja dreißig- bis vierzigjährige, mit pelzkappen oder trachtenhüten, wollhauben oder borsalinos, schirmmützen oder dienstkappeln, mit loden-, pelz- oder ledermänteln, kord-, flanell- oder lederhosen, jeans oder hot pants, ja in allen nur denkbaren kleidern und aufzügen, in allen farben, größen, weiten, längen, in allen preislagen und qualitäten, allen mustern und texturen, die ungeniert in der straßenbahn oder in der u3 ohne skrupel, ohne zweifel, anzeichen von unsicherheit, einfach so, als wäre es das selbstverständlichste der welt, als könnte dabei niemandem etwas auffallen, als würden sich andere dabei ebenso nichts denken, punktum, schluss, so, einfach so – die *krone** lesen.

* *krone(nzeitung):* auflagenstärkste österreichische tageszeitung

alptraum

der tägliche weg zur station stubentor. morgendlich niederer blutdruck. mehr dunst im hirn als gedanken. über die nasse treppe hinunter auf die erste ebene. der stumme *augustin*-verkäufer*. automaten. entwerter. die rolltreppe zur zweiten ebene, richtung simmering. noch eine rolltreppe zur dritten ebene, richtung ottakring. wenn der zug noch nicht eingefahren ist, versuche ich den letzten wagen zu erreichen. spart zeit in der station zieglergasse. meistens kommt mir aber der zug schon entgegen. na, wenigstens die halbe strecke erledigt. heute überholt mich der zug. das ist ja die falsche richtung. der schreck macht mich munter. die leute steigen ohne argwohn ein. wahnsinn. ich versuche zum fahrer vorzulaufen. stolpere. fliege über einen kinderwagen. die leute lachen. der zug fährt ab. ich öffne die augen und sehe das kleine, hell erleuchtete schlafzimmerfenster. ich hatte nachts, weil die leselampe kaputt war, den kopfpolster ans andere bettende gelegt. ich erwachte in der falschen fahrtrichtung.

* *augustin:* wiener obdachlosenzeitung

daniil charms – späte hommage

ich traf daniil charms auf der wiener mariahilfer straße. er sagte mir, das sei ein seltener zufall. er sei doch, wie ich wohl wisse, schon im zweiten weltkrieg in einem leningrader gefängnis verhungert und wäre deshalb lange nicht mehr in wien gewesen. er freue sich über solche zufälle, weil sie ganz seinen geschichten entsprächen. allerdings müsste er, um bei seinem stil zu bleiben, mir entweder eine *in die fresse hauen* oder zumindest über mich stolpern, über mich drüberfliegen und das nicht nur einmal. da ich aber nicht auf dem boden läge, sei dies wohl in wien und schon gar auf der mariahilfer straße nicht möglich. petersburg sei doch etwas anders, wenn auch nicht mehr ganz das, was es zu seinen zeiten war. puschkin und gogol könnten das jederzeit bestätigen.

die kunst des zuspätkommens

jedes zuspätkommen, soll es den richtigen effekt machen, erfordert höchste pünktlichkeit. darüber hinaus verlangt es vom zuspätkommenden größtes psychologisches einfühlungsvermögen, wenn nicht machiavellische intelligenz. der zuspätkommende muss genau wissen, wann und wo er zu spät kommt. er darf nicht zu früh zu spät kommen, weil es dann kein richtiges zuspätkommen ist und auch nicht wirklich auffällt, er darf aber vor allem nicht zu spät zu spät kommen, weil dann das auditorium schon mit wesentlicheren dingen befasst ist. der zuspätkommende muss darüber hinaus eine markante erscheinung sein – diese durch einen schwarzen hut oder einen roten schal zu betonen, wird allgemein als vulgär empfunden – oder von einer stupenden unscheinbarkeit, so dass diese selbst wieder auffällt. den genauen zeitpunkt des zuspätkommens festzulegen, ist eine kunst und bedarf vieler erfahrung. daher sollen auffallend zuspätkommende ein gesetztes alter haben, weil auch das auftreten eines zuspätkommenden einen plausiblen grund haben muss, der nur in überbeschäftigung oder beginnender hinfälligkeit liegen darf. der meisterlich zuspätkommende macht schon beim eintritt in den saal auf sich aufmerksam, damit er – und das ist die höchste kunst – vom vortragenden, dem moderator, dem eröffnungsredner oder von der diskussionsrunde nach vorne gebeten werden kann. geschieht dies aus begreiflicher unhöflichkeit nicht, geht er von selbst nach vorne, denn auf den ruinen des österreichischen untertanenstaates bleibt vorne immer ein sitz frei. und ist wirklich alles besetzt, springt sicher in der ersten reihe ein nicht ganz würdiger auf und macht dem bedeutenden zuspätkommenden platz.

man muss einsehen, dass ein so kurzer text nicht einmal ein vorwort zu einem manuale für zuspätkommende abgeben kann. denn die zuspätkommenden werden immer mehr, die probleme immer differenzierter, die rituale immer raffinierter, so dass einmal der tag kommen wird, an dem es nur mehr zuspätkommende gibt. man wird sich aber darauf verlassen können, dass die heutigen pioniere des zuspätkommens mit neuen tricks aufwarten werden, zum beispiel, als erste in der ersten reihe zu sitzen, so dass der einst zuspätkommende durch sein zufrühkommen enorm auffällt und auf das schon lange veraltete zuspätkommen gar nicht mehr angewiesen ist.

nazarener

ein blonder christuskopf mit langen locken und seidigem bart, direkt der nazarener schule entstiegen, wie er auf öldrucken ein jahrhundert die schlafzimmer zierte und über den ehebetten hing, ruhte auf einem wackelnden körper, der sich, wie an einem zwischen himmel und erde gespannten bischofsstab, an der haltestange festhielt. er blickte mit tiefblauen augen in die tiefe des wagens, echt oder gespielt geistesabwesend oder auf eine ganz bestimmte art auratisch daseiend. ich dachte, ein wenig in mich hineinschmunzelnd, diese anhaltende schlafzimmerkarriere eines klischees hatte doch erfolg, und es wurde unter dem bild ein abbild gezeugt und geboren, das sein vorbild noch übertrifft. es gibt gedanken, die man nicht zu ende denken soll, und geschichten, die kein ende verdienen. das durchgeistigte antlitz erwachte aus seinem tagtraum, öffnete den feinen, sanft geschwungenen prophetenmund und murmelte: scheiß, jetzt hob i aufs aussteigen vagessn …

der liebe augustin

1
in der mariahilfer straße, bei der station zieglergasse, *augustin*-verkäufer: sie schauen aus wie der james joyce, sagte der mann mit dem vogelgesicht und dem spitzbübischen blick. diese nummer habe ich schon, sagte ich irritiert und ging weiter.

2
auf dem retourweg, ich: woher kennen sie den james joyce? er: ja, ich war in triest, da bin ich in seinem stammcafé g'sessn, außerdem hab ich alle seine bücher. mir fällt nichts anderes ein, und ich sage verlegen: respekt.

3
am nächsten morgen, er: kalt is'. ah, sie sind ja da james joyce. wissn's, ich kann mir alle g'sichter merken. ich, unsicher: aber ich schau doch gar nicht aus wie der james joyce. er: das ist doch wurscht.

der professor

der professor war bereits zwanzig jahre im ruhestand. kürzlich feierte die fachwelt seinen neunziger. um zu ihm zu gelangen, muss man in sein institut, in dem er die bibliothek als emeritus besetzt hält. man kann nur an den arbeitstischen der assistenten vorbei zu ihm, die der alte immer noch anblickt, als wären sie seine sklaven. in der bibliothek, die man vermutlich nur mit seiner genehmigung betreten darf, steht ein aufgeräumter repräsentativer schreibtisch mit spuren angedeuteter arbeit, relikten einer verwesenden scheinexistenz. der empfang war freundlich, schließlich hatte er den besuch gewünscht. kaum den sessel eingenommen, begann die rückblende: der vater, ein armes bauernkind, das es zum besitzer eines sägewerks und schließlich zu einer zimmerei brachte. er, werkstudent, jedes fach mit auszeichnung. tüchtig als assistent, als dissertant, als habilitant, schließlich primo et uno loco als professor vorgeschlagen, hausberufung und jahrzehnte ein vorbildlicher, erfolgreicher kollege, der allen zeigte, wo der bartl den most holt. die bibliothek ist mit diplomen, preisurkunden und zertifikaten geschmückt. was will er denn eigentlich? er steht auf, hager, tadellos gekleidet, militärische haltung. beim gehen, nein schreiten, zieht er den rechten fuß ein wenig nach: krieg oder schlag? eigentlich möchte er amtshandeln, als rektor? er löst sich auf, in der aura des 19. jahrhunderts, er wird zum bestandteil der bücherrücken, verschmilzt mit dem tisch, den er noch festgehalten hat, ich bekomme einen niesanfall. stauballergie. suche den ausgang. eile an grinsenden assistenten vorbei. das chefzimmer am anderen ende des instituts ist leer. im hof treffe ich seinen nachfolger, er steht kurz vor der emeritierung und weiß nicht, wo er sich im institut zur ruhe setzen soll, ich bekomme einen lachanfall und eile durch den park zur u4.

platzreservierungen

ich habe dir hundertmal gesagt, in der u-bahn gibt es keine platzreservierungen, und zwar aus dreifachem grund: erstens sind die sitzplätze nicht numeriert, zweitens sind die nummern der waggons innen und versteckt angebracht, und drittens würdest du mit deiner unpünktlichkeit bei dem zweiminutenintervall sowieso dauernd zu spät kommen. verstanden?

wasserspiele

zürne nicht, sagte jonny zeus im breitesten burgtheaterdialekt, ich war nur so lange am häusl, weil jemand das wasser abgedreht hat. wahrscheinlich ist wieder der hansi poseidon auf einem ventil gesessen und trieb seine infantilen wasserspiele. der kann, sag ich ihnen, ganze stadtteile zur verzweiflung bringen. noch ärger ist es allerdings, wenn er in den städtischen toiletteanlagen *überschwemmung* spielt. ich finde, einem angestellten der städtischen wasserwerke sollte man solche scherze unterbinden. denn lustig ist das schon lange nicht mehr. finden sie nicht auch? und reinigte seine hände mit einem papiertaschentuch.

kitsch

der eiskalte frühlingswind braust über den abgang zieglergasse zur u3. dabei wirbelt er ein blatt des *augustin* in die höhe, um es dann die stufen der rolltreppe hinunter zu drücken. unten angekommen, nimmt die treppe das blatt wieder auf und trägt es langsam, geradezu fürsorglich nach oben. der wind mit seiner sinnlos sich vergeudenden kraft nimmt das blatt noch einmal auf, wirbelt es in die höhe und drückt es wieder zwischen die sich nach oben bewegenden handläufe nach unten. das blatt, unten angelangt, lässt sich auf eine stufe der rolltreppe nieder und fährt zwischen den beinen der fahrgäste wieder nach oben. dieses spiel wiederholt sich mit rührender gleichmäßigkeit, bis eine nicht mehr ganz kontrollierte raucherstimme dazwischenfährt: kinder, könnt's euch nicht was kitschigeres ausdenken?

stell dir vor

stell dir vor, wie ein schauspieler niederen ranges den beginn dieser geschichte vortragen würde, natürlich tragen, was sonst. wie er das *stell*, dieses herausfordernde *st* und das kurze, stechende *e* und erst das doppelte *ll* sprechen würde. stell dir aber vor, wie ein schauspieler mittleren ranges den beginn dieser geschichte vortragen würde, natürlich auch tragen, was sonst. gar nicht daran zu denken, wie ein schauspieler höchsten ranges, eine schauspielerin der höchsten klasse mit diesem bescheidenen anfang, diesem *stell* einsteigen würde, *st* ganz vorne, *e* ein hauch und dann der donner des *ll* hinterdrein. nein, sagte er, bei aller unbescheidenheit, bei aller lebensvergoldenden überheblichkeit, das will ich mir nicht vorstellen. ich will nicht. ich könnte es schon, aber ich will nicht. *stell dir vor…*

bitte rechts stehen!

sagen sie, mein lieber, sagte der gast aus dem osten angesichts des karl-marx-hofes, sagen sie, wieso man ausgrechnet in wien, in der stadt, die schon seit generationen von sozialdemokraten regiert wird, wieso man ausgerechnet hier in den u-bahnhöfen ständig, öffentlich und mit roten aufschriften aufgefordert wird, rechts zu stehen? das ist eine gedankenlose ausweitung der straßenverkehrsordnung, warf ein passant, der aussah wie ein polizist in zivil, ein: rechtsregel, rechts fahren, links überholen. ja, aber wo auf der welt steht auf der straße, bitte rechts fahren und links überholen? nicht einmal in ländern mit linksverkehr wird man auf den anachronismus aufmerksam gemacht. da steckt etwas dahinter. da hat sich ein frustrierter beamter einen jux erlaubt. oder ein u-boot in der u-bahnadministration. so etwas kann in einer stadt wie wien nicht gedankenlos passieren! aber mit gedanken noch weniger, ätzte der gast auf der rolltreppe und wurde von einem passanten unsanft nach rechts gestoßen.

indianer mit schlag

ein indianer mit schlag, ein mohr im hemd und ein besoffener kapuziner trafen sich auf dem wiener stephansplatz. ist euch klar, brüder, sagte der angeheiterte kapuziner, dass wir uns eigentlich nur mehr in wien treffen können. und auch da, sagte der indianer mit schlag und zupfte den mohr am hemd, werden wir gleich nebenan in der aida* aufgefressen.

* *aida:* café-konditorei-kette

si

sie war von mediterraner statur, der kopf etwas zu groß, die beine etwas zu dünn. sie hätte einen mit einem seidentuch festgebundenen sommerhut tragen können. es war winter. ihre intelligenten, dunklen augen blickten ruhig durch die randlos wirkenden gläser und hatten für eine im blickfeld erschienene, mir unbekannte person eine zu geringe distanz zu meinem gesicht, als sie mich fragte, wie sie von hier – wir befanden uns in der u-bahnstation am karlsplatz – zum burgtheater käme. sie suche das schmetterlingshaus. eule, fiel mir ein, und ich sagte burggarten. burggarten, nicht burgtheater. si. si.

der philosoph

der philosoph hatte gerade einen faszinierenden gedanken entwickelt, als er sich unvermittelt aus der runde der eifrig diskutierenden erhob, seinen prüfenden blick schweifen ließ, um dann in der richtigen richtung die gaststube zu verlassen. im vorhaus zeigt ihm eine von einem pfeil durchbohrte doppelnull den weg. angekommen an der stelle, wo der geruch am intensivsten und die musik am lautesten ist, öffnet er die tür, an der ein buntes metallschild mit einem in einen nachttopf pissenden buben hängt. er tritt in einen vorraum mit einem kleinen waschbecken und einem handtuchreiniger, an dem sich allerdings das handtuch schon wochen nicht mehr bewegt hat. ein aufgeweichter seifenrest liegt in einer halb mit wasser gefüllten schale. der philosoph öffnet die zweite tür zum pissoir, in dem zwei männer das wasser abschlagen – zu welchen verrenkungen die sprache bei der bezeichnung einfacher sachverhalte fähig ist –, sie unterhalten sich offenbar über ein sehr lustiges thema, denn sie lachen beide so laut, dass sie sich das abschütteln ersparen. der philosoph geht an ihren breiten rücken vorbei und öffnet eine dritte tür, hinter der eine ebenfalls schon lange nicht mehr gereinigte klosettmuschel steht. als er von innen verriegelt, entdeckt er an der tür einen fehlenden kleiderhaken. da sein geschäft groß ist, versucht er nach dem herablassen der hose und dem herunterstreifen der unterhose die rockschöße nach oben zu heben. und da er sich aus prinzip nicht auf eine fremde oder gar öffentliche brille setzt, macht er mit athletischem ehrgeiz jene hocke, die einem schifahrer aus st. anton weltruhm verschaffte. nach verrichtetem geschäft und leichtem krampf in den oberschenkeln verspürt er etwas feuchtigkeit an den fingerspitzen, was ihm jedoch keinen anlass gibt, über die heimische papierindustrie nachzudenken. er macht einen blick in die muschel, ist zufrieden und zieht die spülung. dann verpackt er sorgfältig seinen unterleib, spült noch einmal und verlässt über das menschenleere pissoir seine zelle. die seife liegt jetzt im waschbecken über dem abfluss. es kann sich nur mehr um sekunden handeln, bis sie verschwindet. zum glück hat er ein einigermaßen sauberes taschentuch in der hose. dass der saum seiner hosentasche nass wird, nimmt er in kauf. als er zum tisch zurückkommt, hat die diskussion gerade einen höhepunkt erreicht, und alle warten gespannt auf seinen gewichtigen einwand.

hoffnungslos

fragt mich dieser mensch, der offenbar ein ahnungsloses nordlicht ist, wissen sie, was er zuerst verstand? – wer? was? na, dieses nordlicht – verkehrtgedünsteter. verkehrtgedünsteter? und als ich ver-kehrs-bediens-te-ter langsam wiederholte, meinte er: verkehrtbediensteter. ich brüllte ihm, zugegeben etwas unfreundlich, ins ohr: verkehrsbediensteter. und er wiederholte: verkehrtbediensteter. schließlich bestand ich auf einer perfekten permutation: verkehrsgedünsteter. endlich klappte es: verkehrsbediensteter. na also. und jetzt, mein lieber, flehte er mich an, sagen sie mir endlich, was bedeutet: verkehrsbediensteter?

das goldene wienerherz

das goldene wienerherz ist eine metapher, sagte ein altkluger sängerknabe. und du bist eine legende, fuhr ihm ein arroganter lipizzaner über den mund. und du bist schnee von gestern, brummte der rathausmann. freunde, streitet nicht, mischte sich der altbürgermeister ein, wir sind doch alle nicht mehr das, was wir einmal waren.

handy

ein slowakischer freund, er kam aus einem dorf östlich von bratislava, versicherte mir mit pokermiene und ohne jegliche ironie, das mobiltelefon (aus praktischen gründen in wien handy genannt) sei für die slowaken erfunden worden, damit sie in der wiener u3 ihre jeweiligen positionen nach hause durchgeben können, vor allem aber auch preisvergleiche aller kaufhäuser der mariahilfer straße. da ich diese sanfte, vokalreiche, ja musikalische sprache leider nicht verstehe, kann ich diese vermutung weder verifizieren noch falsifizieren, was popper auch nichts angeht. ich denke aber nach, wie man diese unfassbare, ja überquellende sprachliche energie, die da täglich über die grenze abfließt, wie man diese für wien nutzen könnte. da wäre ein vorschlag an den magistrat oder an die *wiener linien*, etwa in jeden waggon der u3 einen beamteten oder freischaffenden übersetzer zu stellen, um die gespräche, die oft für alle fahrgäste hörbar geführt werden, simultan zu übersetzen. somit hätten die wiener gelegenheit, in einer unterhaltenden und spielerischen form mit der seit jahrhunderten vernachlässigten sprache der nachbarn vertraut zu werden oder diese überhaupt zu lernen, was natürlich auch für das verkaufspersonal der mariahilfer straße eine wertvolle fortbildung und eine ganz neue qualifikation brächte. mein ungarischer freund, der stumm neben mir saß (was ich noch nie erlebt hatte), rempelte mich aus meinen spintisierereien, indem er auf einen laut telefonierenden ungarn zeigte, um im fließenden übergang zu behaupten, das handy sei eigentlich für die ungarn erfunden worden, um ihre jeweiligen positionen in der u3 nach györ oder budapest durchzugeben oder eben preisvergleiche der waren in den kaufhäusern in der mariahilfer straße zu machen. er wurde aber von einem wiener unterbrochen, der für alle vernehmbar seiner frau mitteilte, dass er gerade die station neubaugasse passiert hätte und wahrscheinlich in zehn minuten zu hause sei. die preise übrigens, seien auf der landstraße ohnehin günstiger, was aber für die u3 kein problem sei…

otto-bauer-gasse 22 – requiem für ein haus

die hausnummer gibt es noch, das haus aber ist weg. es war ein ergreifender moment, als das griffmaul des baggers ins kranzgesimse biss und die ersten brocken der konsolen auf den gehsteig klatschten. man ist an dem haus eher gedankenlos vorbeigegangen, vernagelte haustüre, verdreckte, tote fenster. an einer stelle pritschelte es bei regen vom dach. aber die fassade hatte noch kraft. eine gründerzeitfassade eben, zwar grau, putzschäden, aber mit relief, und wenn die sonne darüberstreifte, entwickelte sie einen fast jugendlichen charme. der rote, animalisch wirkende kranarm mit der bezahnten schaufel biss ungerührt in die geöffnete hirnschale, denn das dach hatte man schon abgetragen, so standen die mauern wehrlos bereit. der baggerführer hatte sichtbar einen tranchierplan, das war kein wilder, berauschter abriss. nein. ein planmäßiger, sorgfältiger, professioneller. zuerst wurden in der mitte des hauses einige fensterachsen heruntergeräumt. rechts und links, an den nachbarhäusern, blieben zwei achsen stehen. man konnte ja nicht wissen, ob sich im laufe des jahrhunderts und einiger jahrzehnte nicht freundschaften entwickelt hatten, abhängigkeiten. vielleicht stützten sich am hang zum wienfluss hinunter, in der nachbarschaft der alten leimgruben, die häuser gegenseitig, vielleicht begännen sie zu rutschen, wenn ihnen ein glied herausgenommen wird. während der brustkorb aufgebrochen wurde und man langsam einblick in die magengrube bekam, wurden zimmer freigelegt. wer augen im kopf hatte, sah nicht nur alte gemusterte tapeten und armselige bunte malereien, walzmuster und schablonenfriese, kacheln und stellen, an denen jahrzehntelang bilder gehangen waren, herausragende leitungen und flecken, an denen geräte, boiler, durchlauferhitzer oder waschbecken montiert gewesen waren. türstöcke ohne türen führten ins leere. wer schauen konnte, sah feste, geburtstage und hochzeiten, neugeborene, kranke, sterbende, zänkereien und liebesakte. das leben zu ebener erd und erster, zweiter und dritter stock. alles war durch die leeren türstöcke wie durch ein sieb ausgeronnen, während der bagger, maul für maul die ziegel herausbrach und den schutt auf den boden spie. vom hydranten in der mariahilfer straße war ein dicker schlauch gelegt worden, und ein mann spritzte fortwährend ins gemäuer, trotzdem waren die zuschauer, die parkenden autos in eine staubwolke gehüllt, die fallweise in richtung gumpendorferstraße oder eben zur mariahilfer straße abwanderte. der wasserstrahl war kein verbündeter des hauses, er hatte keinen brand zu löschen, er war ein feind, der den abbruch beschleunigte. wer seine schaulust auf wochen einrichtete, wurde enttäuscht. nach einem tag war das straßenniveau erreicht, es standen nur mehr die schmalen streifen an den feuermauern. das hinten liegende stiegenhaus ging so schnell zu boden, dass man es auf der straßenseite kaum bemerkte. allerdings – das war wie ein wunder – wurde im hof ein großer essigbaum sichtbar, er stand in der mitte, wie auf einem bild von caspar david friedrich. er schien sich zu recken wie ein mensch, der in den ersten sonnenstrahlen des märz seinen balkon betritt. ich entdecke eine neue ansicht meiner schreibstube. ein schmaler schlitz, der erst im zweiten stock beginnt, lässt die dahinterliegende pawlatsche erahnen. sie hat eine luftige, durchsonnte rückseite bekommen, wenn man sie auch aus keinem fenster wahrzunehmen vermag. das überraschendste aber ist die leere namens otto-bauer-gasse 22. eine ahnung vom nichts. ausgeräumt. weg die zeit, weg die geschichte, weg die spuren eines über hundert jahre ineinander verpackten, verkeilten, verpappten wiener lebens. herrliche leere. der baum irritiert sie ein wenig. oder stellt er sie erst recht dar? jetzt verstehe ich die abbrucharbeiter. ich habe selten menschen mit solcher lust und hingabe arbeiten sehen. das ist macht. etwas zum verschwinden zu bringen. der welt ein loch rennen.

einladungskarten

ein graphiker hatte – es war ein er und keine sie – nach jahrelangen experimenten mit schwer-, ja unlesbaren einladungskarten endlich die unsichtbare einladungskarte erfunden. das war das ereignis der jahrtausendwende. weil ich aus protest keine einladungskarten mehr gelesen hatte, plagte mich dauernd ein schlechtes gewissen. jetzt geht es mir besser: ich schreite befreit ins nächste jahrtausend und nutze die gelegenheit, endlich einmal die idee eines graphikers zu loben.

leberkässemmel

eine gut aussehende und gepflegt wirkende junge frau im fuchspelzmantel und mit einer angebissenen leberkässemmel in der hand stieg am stephansplatz in die u3. der halbe waggon nahm an der duftinvasion teil, und die involvierten fahrgäste blickten teils verärgert, teils amüsiert auf sie. ich hatte noch den nachgeschmack des frühstückskaffees im mund und empfand die vorweggenommene jause als belästigung. da setzte sich ein sandler neben die frau, eine angebissene leberkässemmel in der hand. was die französische revolution nicht schaffte, saß jetzt vor mir: freiheit, gleichheit, leberkäs.

was gibt es schöneres…

was gibt es schöneres, als alleine in einem zugabteil zu sitzen und ein buch zu lesen, das man schon lange am nachttisch liegen oder in der reisetasche herumgetragen hatte? was gibt es ärgerlicheres, als wenn sich ein raumfüllender, blazerbekleideter, arroganter, mondgesichtiger schnösel mit bunter krawatte und schwarzem aktenkoffer ins abteil schiebt, sein handy zückt, bevor es noch geläutet oder gepiepst hat oder eine mozartmelodie erklingen ließ, zuerst sein büro, dann seine frau und schließlich seine freundin anruft? die gespräche sind alle gleich, als wären sie einem konversationslexikon entnommen, das allerdings noch niemand geschrieben hat. ich war nach einer viertelstunde über die probleme im büro, über die kinder, über tante käthe und onkel udo, den garten, den hund, den blöden tierarzt, die nachbarn, die urlaubspläne und das fernsehprogramm, die hotelkosten, wechselkurse und reisezüge, die hausapotheke und den tachostand komplett informiert. da nicht abzuschätzen war, wann ich die chance bekam weiterzulesen, klappte ich laut, fast ostentativ mein buch zu und zog mein handy wie eine armeepistole aus dem ersten weltkrieg. ich begann laut zu sprechen, lauter als mein nachbar, so dass dieser meine worte verstehen musste. ich wiederholte der reihe nach alles, was ich von ihm gehört hatte, erkundigte mich im büro, wiederholte das gespräch mit seiner frau und seiner freundin, tante käthe und onkel udo, den garten, den hund, den blöden tierarzt, die nachbarn, die urlaubspläne und das fernsehprogramm, die hotelkosten, wechselkurse und reisezüge, die hausapotheke und den tachostand. ich wunderte mich über mein gedächtnis. bemerkte nicht, dass mein nachbar zu sprechen aufgehört hatte und mit offenem mund mir zuhörte. ich sah in unbeschreibbar blöd dreinschauende augen. da klingelte sein handy, er stand wie ferngesteuert auf und verließ, bevor er abgehoben hatte, das abteil. ich nahm mein buch zur hand und las es in einem zug, in dem ich ja saß, aus.

das nestroy

das nestroy, ein altwiener maß, mit dem man keine kisten oder fässer, kein getränk oder kausames, keine distanzen und zeiten misst, nein, es ist ein maß für das federgewicht von einfällen, für die blitzexistenz des zungenschlags, die rechtschaffenste wut, den grämlichsten gram und den pfiffigsten pfiff. das nestroy ist zusammengerührt mit einem löffel eisigen spotts in einer schüssel teuflischen gelächters, mit schmafu, pfeffer und einem äutzerl schmalz, wiener schmalz, das nur als hundertstel vorkommt, nicht zu verwechseln mit hirnschmalz, das kiloweis vorkäm, wenn das nestroy etwas mit gewichten zu tun hätt. das nestroy ist ein wiener patent, gleich der komposition eines liquerfabrikanten, gemixt aus schauerlichen einsichten und höllischen wahrheiten. das nestroy misst alles, was nicht zu messen ist, es misst sich vor allem an sich selbst, kennt keine zuwaag, schenkt aber einer sach immer mehr ein, als sie verdient.

raumverdrängungssteuer

ich kann max peintner schon verstehen, sagte ein athletisch aussehender mann mit langen haaren und stirnband, ich kann den max schon verstehen, eine halbierung der menschlichen körpergröße könnte einen mehrfachen ökonomischen effekt auslösen: einerseits durch das teilen der geschoße mit zwischendecken eine doppelte ausnutzung der vorhandenen bausubstanz und eine vierfache vergrößerung der nutzflächen, andererseits, als folge davon, eine baukonjunktur, wie man sie nur nach weltkriegen erleben kann. wer garantiert aber, dass andere hitzköpfe das *prinzip peintner* nicht weiterdenken, was durch eine noch radikalere verkleinerung der körper die menschen auf ein maß schrumpfen ließe, das es möglich machte, die ganze weltbevökerung etwa in tirol unterzubringen, wodurch zumindest das trinkwasserproblem für alle zeiten gelöst wäre. ist es nicht merkwürdig, sagte derselbe zu seinem nachbarn, der vermutlich auch aus tirol stammte, dass der mensch bisher nur in richtung ausdehnung und wachstum denken konnte, als wäre das thermodynamische gesetz ein geistiges, und keinen funken eines gedankens darauf verschwendete, sich selbst zurückzubauen, um damit die ressourcen dieser welt ins unendliche zu steigern? wieder einmal musste ein bergfex aus tirol, ein extremkletterer und augenmensch zur rechten unzeit einen richtigen, ja weltbewegenden gedanken denken. aber zu wenig radikal, sagte der andere, wie lange lebt er eigentlich schon in wien? diese überraschende wende verhinderte es, die geschichte bis zum eigentlichen thema der *raumverdrängungssteuer* weiter zu entwickeln, weil die beiden so zu lachen begannen, dass es nicht mehr möglich war, ein neues thema zu eröffnen. es stünde im engsten zusammenhang mit dieser geschichte, verlangte aber vom schreibenden und lesenden noch kompliziertere und komplexere überlegungen.

der mörder steigt aus

der mann mit der killermiene saß vor mir. massiger schädel, dreitagebart und eine kräftige bürstenfrisur. die augen farblos, transsilvanischer draculablick. ein ideales phantombild. jeder erkennt den täter. mich fröstelt. ich steige aus. der mann erhebt sich auch, bringt seinen schweren körper in bewegung und geht mir nach. ich lasse mich überholen. er steht vor mir auf der rolltreppe, jede mögliche sicht verstellend. wir haben den gleichen weg. obwohl mein gang etwas schneller wäre, bleibe ich einige schritte hinter ihm. da dreht sich der koloss um, auf der stirne schweißperlen, und eine kinderstimme fleht: warum verfolgen sie mich?

zieglergasse

ich habe in der zieglergasse noch nie eine ziege gesehen, sagte der oberlehrer aus der laimgruben im tone eines heimatkundlers von rang. das ist auch nicht möglich, bekam er zur antwort, weil die gasse nicht nach ziegen, sondern nach ziegeln benannt wurde, genaugenommen nach ziegeleien, die ziegel herstellten, und nicht ziegen, wie man sich vorstellen kann. natürlich gibt es auch einen künstler namens ziegler, einen kupferstecher und vedutenmaler, der sich aber von einer brücke in den wienfluss gestürzt und dafür auch keine gasse bekommen hat. wo kämen wir schließlich hin, wenn wir nach jedem, der in den wienfluss oder in die donau springt, eine gasse benennen würden. und ziegen bekommen in wien schon gar keine gasse, es sei denn, sie sprängen von der reichsbrücke in die donau.

stararchitekt

stararchitekten gehen nur in ausstellungen, wenn sie von einem kanzler oder zumindest einem botschafter eröffnet werden. die zufällige einladung zum essen nach der eröffnung ist zwar kein zufall, wird aber gelassen hingenommen. der stararchitekt kommt zum essen etwas zu spät, gerade so spät, dass es nicht unhöflich ist, aber doch jedem auffällt. der gast, ein stararchitekt, dessen ausstellung eröffnet wurde, gibt sich ganz ohne starallüren, er ist locker und übermütig. als die bezeichnung stararchitekt fällt, fragt er laut den botschafter: grauer oder grüner star? der stararchitekt rächt sich nicht nur durch schweigsamkeit, sondern durch sein nicht ausgeschaltetes handy. leider ruft niemand aus übersee an, so dass die laut und ohne unterbrechung geführten telefonate für die tischrunde nur mäßig interessant sind. natürlich verabschiedet sich der stararchitekt mit genügend zeitlicher distanz vor den anderen gästen. er hat zu tun und gibt außerdem gelegenheit, ausgiebig über ihn zu sprechen, was allerdings nicht stattfindet. die runde atmet auf und fühlt sich jetzt richtig wohl. für die unterhaltung muss sie allerdings selbst sorgen.

provinzbosse

drei provinzbosse stiegen in die u3. keiner über hundertsechzig zentimeter hoch, keiner unter hundert kilo schwer. schädel, einer mit bürste, ein kahlkopf und einer mit glatze. alle drei redeten gleichzeitig. laut. alle mussten mithören. sie hatten offenbar einen erfolg zu feiern, sie hatten es den wienern wieder einmal gezeigt. die sitzung konnte sich sehen lassen. prachtkerle, wir. da waren ein paar achterl fällig. bis zum westbahnhof blieben sie stehen. nur nicht niedersetzen, nur nicht picken bleiben in dieser stadt. sie lachten und redeten in einem. das dreieck um die haltestange war exterritorial. bühne. bedeutende blicke bedeutender figuren. jedes wort eine andeutung. jedes wort zweideutig. mehrdeutig. also eindeutig. in der station westbahnhof blieb für einen moment eine leere zurück – mit haltestange.

einführende worte

er flüsterte mir mit vertraulichem ton ins ohr: das ist leider alles kitsch, was hier an der wand hängt, eigentlich müsste man laut scheiße schreien. er, der künstler, ist ja ein lieber kerl, genaugenommen ein alter freund, der in seiner jugend einmal zu den großen hoffnungen zählte. schade um ihn. seine frühen arbeiten waren wirklich beachtlich. stark. originell. ich muss zugeben, besser als meine. aber jetzt, schau dir den dreck an. und dazu soll ich noch eine eröffnungsrede halten. ein paar einführende worte, wie man sagt. ein freundschaftsdienst. klar, er ist ja immer noch ein lieber kerl. der vortrag, den ich sogar niedergeschrieben habe, hat mir wirklich keine probleme gemacht, ich musste ja nur das gegenteil von dem schreiben, was ich denke. ha, ha. hast du den wein schon probiert. groß. ja, vom wein versteht er etwas, der gute. hat ja auch genug trainiert, der gute. ha, ha. aber das malen soll er besser sein lassen. entschuldige bitte, ich glaube, ich muss jetzt meine rede halten.

böser tag

ein böser tag kündigte sich an. alle menschen in der u3 blickten finster in das verengte und verkürzte blickfeld. es war früher morgen. eine alte frau mit trachtenhut und schildhahnfeder, die mit ihrem krötengesicht eine deix-metamorphose* nicht vor, sondern hinter sich hatte, blickte mich an, als wäre ich durch mein platznehmen ihr gegenüber in ihren besitzstand eingedrungen. ihr nachbar, der gerade aus der *krone* erfuhr, dass wir keine neuen abfangjäger brauchen – ich schaute zweimal auf das kleinformat, es war wirklich die *krone* –, fühlte sich von der dicken alten bedrängt und wechselte ostentativ die seite. dass sich im selben moment eine dicke junge frau mit rucksack auf seine bank setzte, gönnte ich ihm. der böse tag versprach zu einer hochform aufzusteigen, ich konnte ihn aber nicht mehr verfolgen. wenigstens bis ottakring hätte ich es gerne getan, aber ich musste aussteigen.

* *manfred deix:* karikaturist

gustl und ungustl

man kann die österreicher in zwei gruppen oder in zwei charaktere einteilen, in die gustln und in die ungustln. dabei sind die gustln eigentlich die ungustln und die ungustln nicht selten die gustln. verstanden? nein. zum beispiel: wenn dir ein gustl eine freundlichkeit ins gesicht sagt oder etwas mit schwüren behauptet, kannst du annehmen, dass das gegenteil stimmt. wenn dir ein ungustl grobheiten ins gesicht sagt, kannst du sicher sein, dass er glaubt, die wahrheit zu sagen, ja, dass er dich schätzt oder vielleicht sogar liebt. wenn dich ein gustl lobt, und wenn er dies vor anderen oder gar in der öffentlichkeit tut, ist dies mit sicherheit dein untergang, wenn dieser gustl in einer entsprechenden, auch für dich wichtigen position ist. das lob eines gustls ist immer eine vernichtende kritik. im allgemeinen ist der gustl nicht intelligent, aber schlau, es sitzt ihm der schmäh locker auf der zunge, und vor allem die deutschen fahren auf seine infamien ab, weil sie sie mit humor verwechseln. ein gustl wird sich überall als ein gustl vorstellen, auch wenn er nur ein ungustl ist. ein gustl scheut vor keinem kalauer zurück, die billigste behauptung ist ihm wert genug, sie zu benutzen. der gustl ist ein geborener intrigant, der den volkssport der intrige zum elitären spitzensport entwickelt hat. ein gustl intrigiert aber nicht aus einem bestimmten zweck, aus bereicherung oder anderen unlauteren motiven, sondern er intrigiert platonisch, quasi an sich. in diesem fach sticht der gustl jeden ungustl aus, weil der ungustl nicht nur zu blöd, sondern für dieses geschäft auch zu ehrlich ist. jetzt könntest du mich fragen, weshalb dann nicht jeder gustl einfach ungustl heißt. frag mich nicht, die antwort ist klar: man kann bei der geburt nie wissen, ob aus einem ungustl ein gustl wird, oder umgekehrt, ob er ein ehrlicher ungustl bleibt. das ist keine antwort. ich frage mich jetzt selbst, ob du ein ungustl oder gar ein gustl bist.

drei und drei plus eins

das konnte nur schlecht ausgehen. in den vorderen wagenteil stiegen drei burschen mit leberkässemmeln, in den hinteren drei mädchen mit ofenwarmen pizzaschnitten. das gesetz der thermodynamik, das auch vor düften nicht halt macht und gnadenlos funktioniert, hatte voll zu arbeiten begonnen. die fahrgäste des vorderen waggonteils lebten in einer anderen geruchswelt als jene im hinteren. die wellen drangen aufeinander zu und begannen sich zu verkeilen. man hätte flüchten müssen, wäre nicht in der mitte des wagens ein feister, nasser bernhardiner gelegen, der einen aggressiven gestank, für hundefreunde einen strengen geruch, verbreitete, sozusagen als wall in beide richtungen. der waggon leerte sich in der nächsten station zwar friedlich, aber in einer merkbar gespannten atmosphäre. was niemand wissen konnte – auch die leberkässemmeln, die pizzaschnitten und der hund stiegen aus.

der steffl

der steffl, der, wie man sich vorstellen kann, mit seiner umgebung seit jahrhunderten auf duzfuß steht, sagte verärgert zum erzbischöflichen palais: pass auf, alter freund, ich muss dich wieder einmal daran erinnern, dass die pferdepisse jetzt bald meine sohlen erreicht. die waden, die schon lange im dreck stecken, sind angefressen, die ausblühungen, ein glück, dass man sie nicht sieht, können es mit jedem leprakranken aufnehmen und, ehrlich gestanden, ich habe mich noch immer nicht an diesen gestank gewöhnt, den viele touristen – ich weiß, es sind viele engländer darunter – vielleicht mit dem schweiß einer fuchsjagd verwechseln. du kannst mir glauben, ich bin schließlich mit pferden aufgewachsen. und den fuhrwerken, die ja von pferden gezogen wurden, wenn sie die bausteine herankarrten, verdanke ich schließlich mein leben. aber dass mir ihre nachfahren, die nur mehr gelangweilte fettärsche aus kalifornien in der stadt herumziehen und mir seit generationen buchstäblich ans bein pinkeln und den boden, dem ich schließlich meinen halt verdanke, zur kloake kontaminieren – so sagt ihr doch –, das halte ich nicht mehr aus. bei euch unten, liebes erzbischöfliches palais, mag es ja noch einigermaßen erträglich stinken, aber was da an meinen wimpergen hochkriecht, das ist nicht zu beschreiben. die pummerin ist mein zeuge. das musst du auch gar nicht, sagte etwas kleinlaut das erzbischöfliche palais, ich öffne auf der frauentorseite schon lange nicht mehr die fenster, und meinen bewohnern, obwohl sie adeliger herkunft sind oder gar aus bäuerlichen verhältnissen stammen, ist dieser gestank schon lange unerträglich. aber leg dich einmal mit den fiakern an, die machen jetzt schon die blödesten witze über dich. da bleibt mir dann nichts mehr anderes übrig, sagte nicht ohne entschlossenheit der steffl, als mich eines tages etwas über das maß zur seite zu lehnen und den ganzen saustall, entschuldige: pferdestall, unter mir zu begraben.

rat

einen rat geb ich dir, sagte der hietzinger gastgeber im gepflegtesten schönbrunnerdeutsch zu seinem freund, den er am westbahnhof abgeholt hatte, einen rat muss ich dir geben. sei hier nicht zu freundlich, der wiener legt das als schwäche oder gar als unsicherheit aus und scheißt dir bei der ersten gelegenheit auf den kopf, wie man im schloss zu sagen pflegt. erst dann unfreundlich zu werden, kommt zu spät, das hält dir der wiener als kleinkariert oder gar als provinzlerisch vor. hüte dich aber besonders vor den freundlichen wienern, die scheißen dir schon auf den kopf, bevor du überhaupt gelegenheit hast, zu ihnen unfreundlich zu sein. merkwürdig, sagte der mann vom lande, wie oft man hier *scheiße* oder *scheißen* hört. bei uns gibts das schon lange nicht mehr.

präzision

ein vertragsbediensteter, 36 jahre alt, hager, 163 zentimeter groß, blazerverdächtig, mit randloser brille und leicht gebeugter haltung, schwarze haare, fett, krähenschwanzartig nach vorne gekämmt, spitze lackschuhe, betritt in devoter haltung einen wagen der u3. er verbeugt sich vor dem hintersten fahrgast und gibt ihm freundlich die hand. der nächste. die nächste. bis zur vordersten bank. die wiener nehmen davon kaum notiz. nur ein tourist wundert sich verunsichert, schließlich schmunzelnd, unauffällig. der freundliche vertragsbedienstete schüttelt die letzte hand exakt bei der ankunft in der nächsten station. die türe öffnet sich. er steigt aus. eine meisterleistung an präzision, stellen alle bewundernd fest.

vom lieben augustin

großvater, erzähl mir die geschichte vom lieben augustin. das ist ganz einfach, da gibt es gar nicht viel zu erzählen: der liebe augustin fiel im vollrausch in eine pestgrube, schlief seinen rausch aus, und dann bekamen alle wiener die pest. so war das.

dacht ich

dacht ich, in einer u-bahnstation aus dem fenster schauend, dieses zwei meter hohe schwergewicht mit den waldbrandaustreterschuhen und dem mount-everest-rucksack wird sich in den wagen zwängen, mir auf die zehen treten, mir den rucksack ins gesicht drücken und sich, als wäre nichts geschehen, neben mich setzen. tatsächlich: das zwei meter hohe schwergewicht mit den waldbrandaustreterschuhen und dem mount-everest-rucksack zwängte sich in den wagen, trat mir auf die zehen, drückte mir den rucksack ins gesicht und setzte sich, als wäre nichts geschehen, neben mich.

schnitte

eines tages begann sie bei ihren ausgedehnten stadtspaziergängen schnitte durch gebäude zu legen. anfangs nur bei freistehenden häusern, und das war gar nicht so einfach. man musste, um eine vorstellung vom inneren zu bekommen, diese bauwerke sehr genau studieren. am besten legte man die schnitte bei den stiegenhäusern, nicht nur weil man sie dort am leichtesten betreten konnte, sondern weil man sie an dieser stelle – im kopf natürlich – leicht bis oben durchschneiden konnte. beim wiener parlament hatte sie großes glück: in einem prachtband über theophil hansen fand sich ein wunderbarer stich von dieser schönsten raumsequenz des 19. jahrhunderts. sie erkannte aber selbst, dass diese methode nicht zu den redlichsten zählte, und begann wieder, selbst die häuser zu zerschneiden. wie alles kopfwerk – das schneiden war in diesem sinne kein handwerk – entwickelte dieses vorstellungstraining eine eigene dynamik, so dass die schnitte immer kühner wurden und zuletzt schon ganze quartiere durchquerten. der höhepunkt gelang aber im wiener untergrund, in einer u-bahnstation, sagen wir am stephansplatz. da der zugang zum bahnsteig der u3 etwa in der mitte liegt, war es angebracht, auch den schnitt in die mitte zu legen. das bild der geöffneten röhren und der fluchtenden bahnsteige war berauschend schön und, da die beobachterin immer vorne in den zug einstieg, hatte sie sozusagen die schnittstelle vor sich aufgebaut. da musste es geschehen: der zug fuhr durch die schnittstelle, ja nicht nur durch, sondern aus ihr heraus. da aber schnitt schnitt bleibt und die schnittstelle nicht überschritten werden kann, wurde der zug während seiner bewegung wie eine krakauer in der wurstschneidemaschine, jedoch mit einer unsichtbar beschleunigten bewegung, sozusagen in einer kontinuierlichen bewegung so lange geschnitten, bis er die station ganz verlassen hatte. seither hat sie in jedem fleischerladen die zwangsvorstellung, in einer u-bahnstation zu sein, während sich die stationen der u-bahn in fleischerläden verwandeln.

prominent

als prominenter in eine wiener u-bahn einzusteigen – muss das peinlich sein. manche wiener sind nahe am klatschen, wenn ein bekannter schauspieler den waggon betritt, die meisten aber sagen: jej, san se ned da dings, mein gott, ihna siech i schon fuchzg jahr im fernsehen, immer nedd, sehr nedd. diesmal war es aber ganz anders. der allseits beliebte schauspieler saß verlegen auf der hinteren bank neben der tür, die man nicht mit gepäckstücken verstellen darf. er hatte den nicht vorhandenen hut tief ins gesicht gezogen und drehte mit der rechten faust an seiner nase. es hat ihn jeder erkennen müssen, da sogar ich ihn erkannte, aber so tat, als würde ich ihn nicht erkennen. ich hatte sogar die frechheit, mich neben ihn zu setzen. er drehte an seiner nase weiter, auch die fahrgäste machten nicht das kleinste zeichen freudiger erkenntnis. von erregung gar keine spur. peinlich. am stephansplatz stieg der prominente mime mit leicht gerötetem kopf aus. unerkannte prominenz ist am schwersten zu ertragen. wenigstens erfreute seitenblicke hätte das beste publikum der welt wechseln können.

ungeregelte regeln

es gibt kaum einen ungeregelten vorgang, der so geregelt verläuft wie das besetzen eines zugabteils. der erste platz, der eingenommen wird, ist natürlich der fensterplatz mit blick in die fahrtrichtung. darauf folgt ein sitz auf der gangseite, wobei die endgültige wahl von mindestens zwei faktoren abhängig ist: einmal von der am fenster sitzenden person und von der fahrtrichtung. ist die person am fenster anderen oder gleichen geschlechts, ist sie jung, einnehmend oder ein hemmungslos tratschender störfaktor für die mitgebrachte lektüre, riecht sie stark oder duftet sie schmeichelnd – das alles hängt davon ab, ob man den augenkontakt meidet oder sucht. ob man mit dem rücken oder dem blick in fahrtrichtung sitzt, ist eine sekundäre frage, die erst aktuell wird, wenn einem die fensterperson egal ist. dann können auch andere faktoren ins spiel kommen: bei einem zugunglück, etwa einem aufprall, ist der mit dem rücken zur fahrtrichtung sitzende im vorteil, weil er nicht durch die luft fliegt und, so er angelehnt ist, auch nicht unkontrolliert aufschlägt. allerdings ist der dicke koffer des gegenübersitzenden eine gefahr, weil er einem im ernstfall die brust oder die knie zertrümmert. da sich aber einem ohnehin die knie des nachbarn in die brust bohren, ist die ganze sache zu vernachlässigen. die weiteren plätze in der besetzung folgen zwangsläufig: der zweite fensterplatz mit dem rücken zur fahrtrichtung, und der zweite gangplatz, ob in fahrtrichtung oder gegen sie. die mittleren sitze, falls es jemand wagt, die zeitungen, kleidungsstücke oder taschen wegräumen zu lassen, werden nach den nun bekannten fahrtrichtungsspielregeln besetzt, wenn nicht ein besonderer fall von körperfülle, transpiration und anderen anthropologischen faktoren eintritt. das beschriebene spiel – und der vergleich mit einem brettspiel ist nicht ganz falsch – kann natürlich auch ganz anders eröffnet werden, wenn etwa die erste person darauf besteht, am fenster mit dem rücken zur fahrtrichtung oder gar auf der gangseite zu sitzen. selten kommt vor, dass sich jemand breit auf den mittleren platz in fahrtrichtung setzt und rechts und links zeitungen, bücher oder bürogeräte lagert. bei solcher ouvertüre ist das abteil zu meiden, es sei denn, man setzt sich ebenso in die mitte der gegen die fahrtrichtung liegenden sitze und entfaltet eine ähnliche tätigkeit. in einem solchen falle bleibt alles weitere offen und ist keinen oder nur sehr schwer erforschbaren regeln unterworfen.

verwandlung

ich trat in ein weißes, blendendes morgenlicht. auf der beschatteten seite der schönlaterngasse konnte man kaum einzelheiten wahrnehmen. am rechten hauseck zur sonnenfelsgasse stand ein lammgroßer hund, er hatte ein hinteres bein gehoben, eine haltung, die morgens keiner erklärung bedarf. während ich näher kam, verwandelte sich der hund in einen eckstein, in einen in das eck eingelassenen pilzförmigen poller. der sandstein hatte auch aus der nähe noch etwas von einem geschorenen schaf. blöder hund, dachte ich, wie kann man sich an einem so schönen morgen ohne grund in einen eckstein verwandeln. gerade ein hund müsste doch über die folgen bescheid wissen.

das glas wasser

er ist mit schwarzem hut, rotem schal und der bemerkung erschienen, er hätte nur kurz zeit. auf ein glas wasser, leitungswasser natürlich. ich komme ja nur mehr zu dir, du bist noch ein freund, ein alter freund. die anderen habe ich vergessen, ich verstehe alle nicht mehr. banausen, langweiler. das müsse ich zu schätzen wissen. er könne keine viertelstunde mehr herschenken. ich hätte keine ahnung, was ihm eine solche viertelstunde koste. gar nicht zu errechnen. gut, das kapital und seine leute arbeiten auch ohne ihn. gewissermaßen eine kompensation für die verlorene zeit. entschuldige, wenn ich auf die uhr schaue. ein paar minuten gingen noch. es ist schon schön, so alte freunde zu haben. jetzt muss ich aber gehen. also, bis zum nächsten mal. servus, alter. mach's gut. schön, dich wieder einmal gesehen zu haben. ich habe ja keinen kontakt mehr zu den anderen. es geht mir auch nichts ab. also servus, alter. danke für das glas wasser. ich möchte nicht nachrechnen lassen, was es mich gekostet hat. aber was tut man nicht alles für alte freunde. mach's gut.

köpfe

im vordersten wagen eines zuges der u3 richtung ottakring standen ein rundkopf mit glatze, ein modellhafter langschädel mit hut und ein künstlerkopf mit langen schillerlocken. natürlich standen die köpfe nicht allein, sondern waren auf körper montiert: der glatzkopf hatte ein solides fundament von etwa einhundertzwanzig kilogramm, der dinarische schmalschädel hing wie ein ballon an einem dünnen hals, und der künstlerkopf war mit einem dicken roten schal an einem schicken kleiderwerk befestigt. ich mag glatzköpfe nicht, sagte mutig der mann mit hut, aber sie sind mir irgendwie sympatisch. nun, antwortete der angesprochene, in der u-bahn kann ich ja gerade noch einen hut mit kopf ertragen, aber wenn jemand im auto vor mir herfährt, mit einer nervtötenden geschwindigkeit, dann hat der kopf in der heckscheibe sicher einen hut auf, ob im mühl- oder innviertel, im lavanttal oder außerfern, oder auch, wenn sie wollen, auf der wieden. woher kommen sie, fragte der hut mit mann, der glatzkopf aber fuhr ungerührt fort: ein mann mit hut, der vor jeder flachen kurve bremst und hartnäckig in der straßenmitte fährt, der kann einem eine ganze landschaft versauen, eine ganze gegend verschandeln. der künstlerkopf hörte amüsiert zu und schwieg beharrlich, so dass die ganze geschichte ins stocken geriet und in einer überlauten durchsage versickerte.

heiliger augenblick

alle geistigen höhlenbewohner der stadt verließen ihre höhlen. der älteste geistige höhlenbewohner, der sich seit einem halben jahrhundert nicht mehr blicken ließ und seinerzeit durch eine kleine streitschrift unter den jungen geistigen höhlenbewohnern der stadt ewigen ruhm erworben hatte, derselbe hatte verlautbaren lassen, seine höhle für einen augenblick zu verlassen. alle geistigen höhlenbewohner der stadt waren gespannt, glücklich und hoch erregt darüber und fanden das ereignis so bedeutend, dass sie kollektiv beschlossen, für einen heiligen moment dasselbe zu tun – also ihre höhlen zu verlassen.

machen sie sich im zug, in der straßenbahn oder gar in der wartezone eines flughafens ja keine notizen. schon steht einer da – kaum jemals eine frau – also, schon ist einer da, der sie mit heuchlerischer miene oder mit interesse signalisierender stimme fragt, ob sie schriftsteller oder gar dichter seien, ob sie diesen oder jenen bedeutenden kennten, der auch dichter – ein genialer selbstverständlich – sei, der es aber nie zu einem buch gebracht, weil viel zu bescheiden, weltfremd, ja weltabgewandt, eben genial sei. er fragt dann, sich entschuldigend, ob sie auch schon was publiziert hätten, in einem richtigen verlag natürlich, und ob da nicht etwas für seinen freund zu machen sei. es müsste schon ein anständiger verlag sein und schließlich, wie das eigentlich mit den möglichkeiten für lesungen oder zumindest mit öffentlichen auftritten sei. es ist ja ein jammer, weil der gute junge – er ist übrigens sein sohn – viel zu bescheiden sei. ich sag ja immer, sie haben doch sicher erfolg, du musst raus und ran. so geht das. was du schreibst, sag ich ihm immer, ist völlig nebensache, wichtig ist nur, dass du die richtigen verbindungen hast. schreiben kann jeder trottel, mein junge. was halten sie von schriftstellervereinigungen, das wäre doch was. da wäscht eine hand die andere. oder wie heißt das berühmte dichterwort: da hackt eine krähe der anderen kein auge aus. ich muss notizbuch und filzstift einstecken. es steht schon wieder einer da, der eine frage auf der zunge hat. dieser sieht aber so aus, als sei er selbst schriftsteller.

die lehre des herrn lidmansky

als ich mit herrn und frau lidmansky übereinkam, das kleine lichthofseitige kabinett in ihrer nussdorfer wohnung zu mieten, nahm mich der herr lidmansky am arm und führte mich aufs klo. dort nahm er ein schön rechteckig geschnittenes stück zeitungspapier vom haken (wir befanden uns noch in der vorgeschichte des klopapiers) und legte es in die muschel. dann schaute er mich an und sagte: so machen wir das – und zog die spülung.

u2

so etwas sollte man eigentlich gar nicht denken, sagte er sich. warum nicht, antwortete er sich selbst, warum eigentlich nicht? er stand auf dem bahnsteig lerchenfelderstraße und blickte zur station rathaus. zwischen beiden stationen war ein abstand von etwas über einer zuglänge. verbinden, schoss es ihm durch den kopf, verbinden. man könnte eigentlich alle stationen der zweierlinie miteinander zu einer einzigen großen station verbinden, etwa *schottenringkarlsplatz*. nicht weiterdenken, sagte er zu sich. und wieder kam die frage: warum nicht? wenn man also am karlsplatz die station betritt, ist man schon am schottentor oder schottenring, und man könnte sich die ganze linie ersparen, sagte er sich und gab sich darauf keine antwort. aber er war versucht, sich heftig auf die schulter zu klopfen.

das eis und das nichts

das *nichts*, sagte er, beim tichy* auf dem gehsteig sitzend, als *nichts* bezeichnet ist ein *etwas*, verkleckert durch gedanken, ein wort mit buchstaben: *etwas*, das bezeichnet werden kann, ist kein *nichts*. das eis war weg. das *nichts* ist der hintergrund, auf dem sich das *etwas* darstellt, vor dem *nichts* gewinnt das geringste an bedeutung. vielleicht doch noch eine kugel. das *nichts* ist die geburtshelferin des *etwas*. des *etwas* kann man überdrüssig werden. des *nichts* nicht. des eises auch nicht. das *nichts* ist die antithese zum gemachten: alles ist gemacht. auch das eis. das *sein* hingegen ist ein deutscher begriff. das *sein* arbeitet. es kann es nicht sein lassen zu sein. *sein* ist eine zeit- und weltfüllende tätigkeit. *sein* und schweiß, eine deutsche posse. aber nicht beim tichy.

* *tichy:* bekannter wiener eissalon

sprücheklopfer

morgenstund hat gold im mund, sagte er leise, ohne die augen zu öffnen, und drehte sich noch einmal um. nach zwei stunden: *sich regen, bringt segen*. er streckte einen arm aus dem bettzeug und zog ihn sofort wieder zurück. nach einer weile der zweite anlauf: *wer schaffen will, muss fröhlich sein*. er gähnte herzhaft. nichts schöneres, als ohne frühstück zum mittagstisch. *nach dem essen sollst du ruhn oder ein paar schritte tun*. er entschloss sich zu ruhen. schöner nachmittagstraum eines dichterfürsten: *tages arbeit, abends gäste*. oder hat er *feste* gesagt? schoss es ihm durch den kopf. aber wer wird mich heute einladen. die liegen ja alle schon um acht uhr im bett.

persönchen

ein persönchen und ein gewisser greiner trafen sich in der u3. das persönchen, zart wie ein persönchen und mit leicht erröteten wangen – der zug stand schon in der station, als es die rolltreppe herunterlief –, musste seiner empörung luft machen und sagte, nach luft schnappend, zu dem neben ihm stehenden herrn, einem gewissen greiner: wissen sie, ich würde eine geschichte, die mit einem persönchen beginnt, erst gar nicht lesen. heute noch solche altväterlichen worte zu gebrauchen, ist mehr als geschmacklos. gut, ich sehe zwar aus wie sechzehn und wiege kaum neunzig pfund, bin aber leitende bibliothekarin beim magistrat. ich erwarte ja nicht, dass man magistra zu mir sagt, aber *persönchen*, finden sie nicht? der gewisse greiner blickte sie verständnisvoll an, schließlich antwortete er ebenso indigniert, *gewisser* ist auch kaum mehr in gebrauch. mein vater langweilte bei seinen geschichten aus dem ersten weltkrieg seine freunde, wenn er von einem slowenischen leutnant, einem gewissen neumann, sprach oder von einem tschechischen zahlmeister, einem gewissen podbil, der es, obwohl oder gerade weil tscheche, zum zahlmeister gebracht hatte. sie haben recht, sagte er zum persönchen, eine solche geschichte sollte man heute gar nicht mehr lesen.

geburtstagsfest

ein neunzigjähriger architekt lädt seine neunzig- bis hundertjährigen freunde zum geburtstagsfest ein. nach einer weile beginnen die altersradikalen furchtbar zu streiten. da der abend endgültig gescheitert ist und das geburtstagskind seine freunde einzeln hinauszuwerfen beginnt, sagt er mit rotem kopf: eines verspreche ich euch, zum hundertsten geburtstag lade ich euch nicht mehr alle ein.

marke kunstmanagement

ein junger, mir irgendwie bekannter schnösel marke kunstmanagement, figur, gesicht und frisur marke kunstmanagement, kleidung marke kunstmanagement, stand mir, im vordersten wagen eines zuges der u3, auf der vordersten plattform gegenüber. er schaute mir mit dem nakannstdunichtgrüßenalter-blick freundlich ins gesicht. ich erwiderte sein lächeln mit dem ichwillleidernichtgrüßenlieber-blick und zückte mein notizbuch.

heimweh

er sagte *fünfer* und bekam feuchte augen, nicht vom marokkanischen sand, nein, vom heimweh. kannst du dich noch erinnern, an das endlose warten bei der stafa, bis er endlich um die ecke bog, der liebe, gute, verschlafene *fünfer*? du hast wohl nie auf den o-wagen gewartet?

wien und venedig

er glaubte, einen guten witz zu machen, als er am ball der akademiker den präsidenten nach dem unterschied zwischen wien und venedig fragte. ohne eine antwort abzuwarten, schob er eine zweite frage nach: was haben wien und venedig gemeinsam? ein trennendes, beantwortete er selbst seine frage: die venezianischen kellner sehen aus wie professoren und die wiener professoren sehen aus wie kellner. der präsident im frack erstarrte und hob unwillkürlich den linken unterarm, als wollte er eine serviette darüberlegen und ein tablett mit sektgläsern durch den saal tragen.

krone-leser

ein *krone*-leser, wie man ihn nicht besser erfinden kann, saß mit gespanntem hosenbund und ebenso gespannten hosenträgern in der ersten klasse von villach nach wien. das spricht weder gegen die erste klasse noch gegen den *krone*-leser, sondern gegen das system der verbindung beider. er fragte mit nicht ganz beherrschtem ton den überaus freundlichen schaffner, ob er ihm eine *krone* bringen könne, was dieser, weil er eben ein überaus freundlicher schaffner war, auch bejahte. nach einigen minuten kam der schaffner wieder, ohne *krone*. diese war ihm leider ausgegangen, weil die heutigen benützer der ersten klasse alle *krone*-leser seien. er bot daraufhin dem verärgerten *krone*-leser anderen landesüblichen, leicht gehobenen lesestoff an, worauf dieser meinte, noch um einige grade verärgerter, alles andere hätte er bereits zwischen villach und klagenfurt gelesen. das zerstörte mein vorurteil gegenüber *krone*-leser vollkommen. mehr aber noch die einschätzung des gehobenen lesestoffs.

hallo, aussteigen lassen, gscherta

hallo, aussteigen lassen, gscherta. der wiener organisiert seine rede nach kulinarischen regeln. vorspeis, hauptspeis, nachspeis. die vorspeis – *hallo, herns, öha*. die hauptspeis, eine sachliche feststellung – *aussteign lassen*. und das dessert, das reine vergnügen – *gscherta, deppata, trottel, hirnedl, häusl, koffer*. solange das objekt der beschimpfung gegenüber steht, herrscht sachlichkeit, hauptspeismäßig. entfernt es sich, wird ihm sozusagen die nachspeis nachgeworfen: *schwindlicha, gstrafta, oaschloch. klassisch*.

liga gegen…

der präsident der *liga gegen die verdeckung des stephansturmes* macht eine katastrophale, existenzbedrohende entdeckung: als er einmal im gespräch mit seinem vizepräsidenten ahnungslos den daumen in die luft hielt, verdeckte dieser den stephansturm. warum sind sie plötzlich so bleich? fragte der ahnungslose vizepräsident. was soll ich tun? stammelte der präsident. ich habe den stephansturm verdeckt. daumen ab, war sein erster gedanke. aber die liga hatte strenge statuten, und so musste das problem in den vorstand. und wenn sie nicht gestorben sind, diskutieren sie noch heute.

raumverdrängungssteuer 2

wer hat nicht schon erlebt, dass sich in ein schmales, halbvolles zugabteil ein gewichtiger mensch schiebt, um es mit seinen voluminösen wie gewichtigen taschen vollzurammeln. ist erst einmal der raum weg, wird auch die luft kostbar. was von ihr noch übrigbleibt, wird mit ausdünstungen versetzt, so dass es für die mehrheit der feder-, leicht- und mittelgewichtler nur mehr die flucht gibt. hat so ein beklemmungverbreitendes übergewicht noch das bedürfnis, seinen immerwährenden appetit zu stillen, kommt zum rindfleisch, fleischleiberl, kümmelbraten und stelze auch noch der leberkäs hinzu und die ausdünstung eines starken bockbiers, ist die welt, in welche ein solches autistisches kaliber eindringt, lebensfeindlich wie die sahara. hier setzen also die objektiven kriterien der raumverdrängungssteuer an, ein projekt, das viel eleganz mathematischen denkens und statistischer strategien verlangt. es ist einsehbar, dass im rahmen einiger kürzestgeschichten solche fragen nicht einmal richtig angedacht werden können. und es bleibt die berechtigte frage, ob, statistisch gesehen, einfache finanzbeamte die chance haben, solche geschichten überhaupt zu gesicht zu bekommen. der finanzminister sowieso nicht, denn der ist ohnehin, rein statistisch gesehen, eine null.

entwerter

vor den entwerter hatten sich hundertfünfzig kilogramm lebendgewicht geschoben, um als masse davor zu verharren. die fahrkarte in der hand und mindestens drei ellbögen in den rippen, stand er eingekeilt – was keile nicht alles vermögen – drei schritte vor dem ziel im morgengrauen, seine fahrkarte zu entwerten. dieser entwerter, dachte er sich, entwertet meine fahrkarte, und erst dann ist sie etwas wert. erst dann kann ich sie zu dieser fahrt benützen. eine nicht entwertete fahrkarte ist wertlos, wenn man nicht ihren wert an sich, sondern nur ihre funktion bedenkt. wenn ich sie bei einer kontrolle nicht entwertet vorweisen kann, hilft sie mir gar nichts. ja, im gegenteil, sie stellt ein delikt dar, und ich muss strafe bezahlen. ich muss büßen, wie die eidgenossen sagen würden. deshalb ist zu empfehlen, nie nichtentwertete fahrkarten mit sich zu führen. da ist es besser, überhaupt keine zu haben, dann ist die sache eindeutig und man ärgert sich weniger. noch einmal, grübelte er weiter: der kaufwert bleibt, solange sie nicht entwertet ist. ist sie entwertet, hat sie nur einen wert für die fahrt, sonst nur an sich. die entwertete karte ist ja nur für die dauer der fahrt wertvoll, hast du die fahrt beendet und die verkehrsanlage verlassen, kannst du sie wegwerfen. wert hat sie allerdings für eine eventuelle verrechnung oder fürs finanzamt, wenn du die fahrt aus beruflichen gründen durchgeführt hast. eine nicht entwertete karte hat, obwohl du das geld beruflich ausgegeben hast, für das finanzamt keinen wert, allerdings bleibt dir der kaufwert, und das ist schließlich auch etwas. die frage ist, dachte er – da wurde er von hinten angesprochen, *die fahrausweise bitte*. ja aber ich habe sie noch nicht entwertet, der herr vor mir hatte mich nicht an den entwerter gelassen. welcher herr, mein herr, sie stehen ja direkt vor dem entwerter, bitte steigen sie mit mir aus.

mittwoch-museum

es fing ganz harmlos an. zwei museumsleute und zwei seidel bier in einem wiener gastgarten. einer der beiden behauptete, er hätte das wort *mittwoch-museum* in der mariahilfer straße gesehen und sofort die idee gehabt, ein solches museum zu gründen. es sollte sich nur mit dem begriff *mittwoch* beschäftigen, sozusagen die mitte der woche zum gegenstand einer sammlung, von ausstellungen, workshops, seminaren, vorträgen und forschungsprojekten machen. der *mittwoch* in allen ländern und regionen, in allen kulturen und religionen, nicht zuletzt der *mittwoch an sich*. es wurden zwei seidel nachbestellt. der weniger euphorische freund, um ihn nicht gleich skeptiker zu nennen, warf die logische frage auf, ob es sich beim *mittwoch* wirklich um die mitte der woche handle, denn eigentlich wäre der donnerstag der mittwoch, schließlich habe der herr am siebten tag geruht, also musste er vorher gearbeitet haben. somit beginne die woche nicht am sonntag, sondern am montag. einfache abzählung: montag, dienstag, mittwoch – der donnerstag ist die mitte – dann freitag, samstag, sonntag. wenn du aber nur die arbeitstage zählst, erwiderte hartnäckig der erfinder. dann gibt es keine mitte, es sei denn, sie läge im übergang, also in jener millionstel sekunde zwischen mittwoch und donnerstag. dafür lohne es sich aber nicht, ein museum zu machen. darüber waren sich beide einig. sie sahen, das projekt verlangte zeit, viel, sehr viel zeit. sie beschlossen, ihre sitzung zu vertagen, was zweifellos für den moment die vernünftigste lösung war. beim rückweg über die mariahilfer straße wollte der freund dem freund das wort zeigen, das ihn inspiriert hatte. auf einem transparent, das etwa auf der höhe der otto-bauer-gasse über die straße gespannt war, stand in schön gesetzter antiqua: MIT-MACH-MUSEUM.

p.s. für intelligentere gesprächspartner hätte diese erfahrung einen neuen ansatz bedeutet, ein neues projekt. aber nein, beide waren auf den *mittwoch* fixiert, was ich in gewisser hinsicht auch verstehen kann.

dahinter

zur zeit werden in den u-bahnstationen schadhafte blechpaneele ausgewechselt, das heißt, einige wurden weggenommen, und die zufällig verstreuten lücken geben tiefe blicke in eine andere welt frei. man denkt gleich an eine künstlerische aktion, denn wie könnte man eine bessere gelegenheit finden, gesellschaftliche oberfläche und ihre hintergründe sichtbar zu machen. wer die augen bisher an den glatten, glänzenden flächen, besetzt von mehr oder weniger belästigender information, ungestört entlanggleiten ließ, dessen blicke werden jetzt unerwartet aufgehalten, sie fallen in dunkle löcher, in nischen, hohlräume, die in eine unheimlich wirkliche, harte, unverschönt stehengelassene arbeitswelt führen, man blickt auf grobe betonwände, deren schalung das erdreich war, und wer ein wenig fantasie besitzt, kann hinter dieser verlassenen arbeitswelt noch größere räume vermuten, aus der behördlich zugelassenen, aufgestellten, montierten, polierten, genehmigten, ausgeschlossenen, ausgeschalteten und zugedeckten welt. keine frage, es handelt sich um die eigentliche, um die konstituierende wirklichkeit der stadt, um eine welt erster ordnung, die niemand erträgt, die aber jetzt in fragmenten, in kleinen, spielerischen verwundungen an die oberfläche drängt. alle künstler, so sie noch augen im kopf haben, müssten aufschreien, zum denkmalamt laufen, die *wiener linien* beschwören, diesen zugriff auf eine erste welt zu erhalten, ja, ein prinzip daraus zu machen, ein *prinzip der entkleidung*. die schadhaften tafeln sollten so lange entfernt werden, bis der rohbau freiliegt. wien, die bekleidete stadt, macht eine entkleidungsaktion. jede entfernung einer tafel müsste man als erkenntnisgewinn feiern, als heimkehr in die eigene schöpfung. vorläufig sind es kleine verwundungen, die kaum jemandem auffallen. hier ein loch, da ein paar montageeisen, dahinter luft, abstand, verdreckter grobporiger beton. wie lange würde es dauern, bis die letzten tafeln als fetzen erscheinen, die reste der haut als spuren einer häutung, die verblendung als blendung, als störende blendung. wie lange würde es dauern, und was wäre es für ein wunderbarer prozess, bis alles in die erste welt einer lustvollen schöpfung zurückkippt? wie lange wäre der weg, bis allen schockartig diese ängstliche welt der schneidermeister als peinlich kleinstädtisch, ja biedermeierlich vorkäme? ich traue meinen augen nicht, es erscheint ein montagetrupp und setzt eine neue blechtafel ein. die welt ist wieder in ordnung, die oberfläche dicht, die wahrheit versiegelt.

begebenheit

zweimal hundertfünfzig kilo lebendgewicht, unter unschuldsvermutung geschätzt, die ärsche in enge hosen gepresst und mit hodenschonendem gang, füllten vor mir den gehsteig. ich setzte zuerst links zum überholen an, da schwenkte das linke übergewicht zur wand und ließ keinen spalt frei, durch den man eine postkarte hätte schieben können. ich holte luft und nahm die rechte flanke, das gleiche wie links, nur wäre ich fast gegen die parkenden autos gekracht. als die gewichte sich einigermaßen voneinder entfernten, glaubte ich, eine chance in der mitte nutzen zu können und prallte gegen zwei sich ungerührt unterhaltende cholesterinbomben. in meiner etwas erkünstelten verzweiflung, denn ich sah bereits eine neue geschichte entstehen, brüllte ich: *raumverdrängungssteuer*. da drehten sich langsam – wenn es statthaft wäre, kürbisköpfe zu sagen, würde ich es tun – zwei behaarte kugeln mit ohren um, beide leiber schwebten zur seite, und ich bekam einen raum frei, der den schönsten auftakt für ein spalier abgegeben hätte. ein grund mehr, vielleicht doch noch einmal über eine raumverdrängungssteuer nachzudenken.

max

der geliebte, dicke, kränkelnde kater hatte sich sprichwörtlich im sprung verabschiedet. er hüpfte nach der begehrten täglichen vitamintablette und fiel tot zu boden. alles rütteln und weinen hatte nichts mehr geholfen. sein leichenbegängnis war der weg zum tierarzt in einem plastiksack. das weitere war entsorgung im schutze der tierheilkunde. im rückblick hatte sich der kater vornehm, rücksichtsvoll, ja elegant verabschiedet. kein gejammer und kein gestank in der wohnung, kein monatelanges dahinsiechen, keine täglichen skrupel und kein schielen nach der erlösenden spritze. max, so hieß das geliebte tier, hatte sich an einem für ihn noch erreichbaren höhepunkt verabschiedet und nicht auf die gnade gewartet, gebettet in ein hornissennest einander widerstrebender gefühle, zum gehassten onkel doktor getragen zu werden. nein, das war seine sache nicht. diese sache war seine sache.

langfinger

ein stadtbekannter langfinger hatte auffallend kurze finger. er war hochmusikalisch, hatte absolutes gehör und wollte eigentlich pianist werden. keine chance. auch fürs cello reichte es nicht, denn zu allem überfluss hatte er auch noch schwimmhäute zwischen den fingern. so ließ er sich zum taschenspieler mit geringen karrierechancen ausbilden. nach einigen jahrzehnten und als könig der taschendiebe versicherte er jedem, der es hören wollte, dass die länge der finger auf die profession eines langfingers keinen einfluss hätte. das sei vielleicht für einen klavierspieler von bedeutung, aber nicht für seine kunst. die bezeichnung langfinger sei schlicht eine erfindung, ein bürgerliches vorurteil, ein konstrukt, pure ahnungslosigkeit, blöd, wie eben alle bürger mit ihren vorurteilen sind.

sonderzug

es war eine verabschiedung im wiener krematorium. ein freund lag im sarg, mit blumen zugedeckt. die trauergemeinde war klein, aber nicht dürftig. der evangelische pfarrer, von mächtiger statur, hielt eine erstaunlich gute abschiedsrede. er war über den daliegenden informiert. die rede hatte nichts peinliches, zeigte keine routine, hatte nicht die katholisch aufgemotzte, inszenierte formelhaftigkeit. man konnte sich vorstellen, selbst unter den blumen zu liegen, ja wer wusste es wirklich, ob man nicht dalag und sich einbildete, selbst zuschauer der zeremonie zu sein? ich drückte der witwe stumm die hand und eilte zur straßenbahn. dezemberluft, kalt, feucht, nebelschwaden zwischen den beinen. wie schön alleen im winter sein können. vor dem zweiten tor fuhr die straßenbahn in die haltestelle ein. rote aufschrift: SONDERZUG. in den wägen saßen ein paar menschen, steif, stumm, unbeweglich, puppenhaft. ich wollte nicht einsteigen. es öffneten sich aber die türen … also stieg ich ein. keine zeichen einer ungewöhnlichen situation, nichts. ein fahrgast sagte zum fahrer, so dass es alle hören konnten, sie haben SONDERZUG auf ihren tafeln stehen. ohne zu antworten, begann er seine tafeln rotieren zu lassen. die straßennamen wiens klapperten durch den schlitzartigen schaukasten. endlich: schwarzenbergplatz. als der zug nach der schleife am ring wieder sichtbar wurde, war nichts ungewöhnliches mehr zu bemerken.

auf dem absatz

das soll eine geschichte sein, sagte er, drehte sich auf dem absatz um – eine bewegung, die nur als redewendung keiner beachtung wert ist, die aber, um exakt ausgeführt zu werden, ein langes training erfordert, so dass der aufwand, der damit verbunden, sich nicht lohnt – und verschwand in der menge, für die zu beschreiben eine geschichte nicht ausreicht, geschweige denn eine so kurze wie diese.

verheißungsvoller anfang

sie hatte ihre bettwärme in einen flanellmantel gehüllt und trat mit lederhut und der mühsam erworbenen indianerhaut auf den lichtdurchfluteten wiener fleischmarkt. sie ging schnellen schrittes, was bei dem gefälle keine anstrengung war, den laurenzerberg hinunter und verschwand im pizzageruch des schwedenplatzes. niemand hat ihren auftritt bemerkt, geschweige denn festgehalten: so löste sich eine spannende kriminalgeschichte vorzeitig am ufer des donaukanals in nichts auf.

inhalt

friedrich achleitner
einschlafgeschichten
104 Seiten. Paul Zsolnay Verlag 2003

Eine veritable Sensation: Friedrich Achleitners erste Prosasammlung. Die Geschichten drehen sich zum einen im Wortsinn um das, was sie bezeichnen, zum anderen werfen sie immer einen wunderbar wachen und ironischen Blick auf Dinge und Begebenheiten, die den Alltag begleiten. Ein kleines großes Buch voller Witz, Scharfsinn und absurdem Humor.

»Schon lange wurde nicht mehr mit so viel Witz so stichhaltig über das Schreiben nachgedacht. Tiefsinnige Unterhaltung.«
Paul Jandl, *Neue Zürcher Zeitung*

»Ein Kompendium wundervoller Karikaturen, dadaistischer Sprachspiele und kritischer Wortbefragungen. Ein perfektes Betthupferl.«
Silja Ukena, *KulturSpiegel*

»Achleitners Texte kitzeln die Phantasie, sind im eigentlichen Sinne zwecklos, jonglieren mit Sinn und Silben, mit Satzzeichen und Schmarrn: sogar Kaiserschmarrn.
Die putzmunteren, oft politischen Prosa-Petitessen Achleitners zeugen für die ungeschwächte Zeugungskraft des Dichters. Herzig und spielfreudig, böse, ungehemmt und toll.«
Rolf-Bernhard Essig, *Süddeutsche Zeitung*